COSMOGONIAS

editor
Sálvio Nienkötter

editora-adjunta e editoração
Bárbara Tanaka

editores-assistentes
Raul K. Souza
Valsui Júnior

capa
Marcelo de Angelis

produção
Cristiane Nienkötter

Dados Internacionais de Catalogação na Publicação (CIP)
Andreia de Almeida CRB-8/7889

Winck, Otto Leopoldo
Cosmogonias / Otto Leopoldo Winck. - Curitiba : Kotter Editorial, 2018.
120 pp.

ISBN 978-85-68462-54-6

1. Poesia brasileira I. Título

CDD B869.1

Kotter Editorial
Rua das Cerejeiras, 194
82700-510 | Curitiba/PR
+55 41 3585-5161
www.kotter.com.br | contato@kotter.com.br

1ª edição
2018

otto leopoldo winck

COSMOGONIAS

KOTTER
EDITORIAL

A TÍTULO DE APRESENTAÇÃO

por Jaques Brand

Seguramente autorizado por nossa amável convivência nas memoráveis noites de poesia do Wonka Bar, hoje extintas, o poeta e romancista Otto Leopoldo Winck cometeu grave erro de cálculo ao convidar-me para escrever estas linhas.

Com efeito, sabe-se que autores de sobrenomes germânicos apresentam problemas de reconhecimento e de leitura, sendo por isso mesmo de extrema raridade entre nós.

Um Raul Bopp, um Fausto Wolff, são exceções que confirmam a tese. Judeus geniais também estão fora deste parâmetro, de Anatol a Nelson.

O fenômeno estende-se às casas editoriais, a tal ponto que o editor Sálvio Nienkötter realizou, precavido, autêntica cirurgia plástica no seu, quando decidiu se lançar ao imprudente negócio da edição de poesia. Livrou-se até mesmo do trema que lhe emprestava tanta graça, tudo em nome do pragmatismo.

Ora, não satisfeito com aparecer com importado nome próprio, Otto agravou o delito ao recrutar um Brand para esta operação delicada.

Com certeza, seremos confundidos por boa parte deste imenso Brasil, especialmente ao norte da linha de Capricórnio, com uma dupla de viajantes do tempo do Império, da estirpe adventícia de Spix e Martius, ou como sobrinhos dos capitães da indústria do Vale do Itajaí.

Otto vem acumulando outros *faux pas*.

Nascido no Rio de Janeiro, tudo que precisava para ser aceito como poeta federal era simplesmente deixar-se ficar a dedilhar sua lira, à vista das grandes pedras e das ninfas de arredondado perfil da paisagem carioca, entre ondas do mar e espantos do pensamento. Era só deixar passar o tempo, e inevitavelmente seria eleito para a Academia.

Ao invés desse destino fácil, escolheram para ele, ainda infante, o de migrante e errante por terras do sul. Foi primeiro menino e adolescente no Rio Grande do Sul (onde, talvez, é verdade, o DNA trans-renano tivesse alguma chance), e mais tarde — mais gravemente — rapaz crescido e oprimido adulto no verdadeiro ponto cego das letras nacionais que é a terra das araucárias.

Era o exílio dentro do banimento, a maldição dentro da praga rogada.

Para a poesia, claro, foi um *plus* vê-lo exposto aos rarefeitos ares do Primeiro Planalto paranaense. Sabe-se que o regime de dezembros gélidos e fevereiros tiritantes de Curitiba costuma acolher bem os melancólicos, os distraídos, os desancorados que, afinal, formam os melhores quadros do exercício poético.

Também as chuvas do lugar ajudam a sufocar o poeta em melancolia e mágoa. Assim tem sido desde Dario (que também veio do Rio) e Emiliano, desde Leminski e Marcos Prado, desde Cardoso e Thadeu Wojciechowski, desde Pozzo e Madeira e Smaniotto, para citar apenas alguns dos rapazes marcados por essa enfermidade dos nervos que chamam poesia. Melhor nem citar as meninas para não incorrer nesses dias em algum enquadramento legal.

De erro em erro, Otto Leopoldo Winck aprofunda-se em sua sina de poeta. Aos vinte anos, no remoto 1987, publicou uma primeira reunião de poemas, tensos, cheios de reflexões originais, marcados pelo pasmo da existência, e alguns deles muitos belos. Mas tudo isso com o péssimo nome de *Flor de barro*. Verdadeiramente broxante...

Depois, em 2005, escreveu o romance de um cara que se concentrava na tarefa de escrever um romance. Inadvertidamente, desatenta para com sobrenomes, a Academia de Letras da Bahia concedeu-lhe o prêmio. O livro saiu no ano seguinte: super-bem-escrito, mas com o título suicida de *Jaboc*. O sujeito é mesmo irremediável.

E agora, finalmente adentrando o patamar de respeitabilidade dos que já contam mais de cinquenta anos (meio século!), meu querido amigo Otto Leopoldo Winck faz outro gol contra.

Reúne os poemas que registram sua visitação de abismos, seu testemunho de vertigens, seu tédio diante dos tremores do Absoluto, sua exposição aos perigos do amor tardio, sua compreensão perigosa das delicadas cartilagens de que depende o equilíbrio do Ocidente, sob outro título inteiramente desanimador: *Cosmogonias*!

Com vocês, as aporias das *Cosmogonias*, desse poeta que... sabe dizer... da poesia... do katso... e do karalius.

Um tal de Otto.

Jaques Brand, janeiro de 2018.

* Jaques Mario Brand, curitibano, repórter, é autor de *Brisais: das brisas do Brasil os ais & os sais.*

PERSISTÊNCIA

Sou o intervalo entre o que sou e o que não sou,
entre o que sonho e o que a vida fez de mim (...).

Bernardo Soares

Há um interstício
entre o que eu sou
e o que sonho, o que penso
e o que sinto. No meio,
bem no meio,
eu estou: pleno e vazio.

Não importa. Entre vales
e píncaros, êxtases e fastios,
eu insisto. E grafo, gravo, grito
no muro, na pele, na palma:
eu existo.

OCIDENTE

Volta e meia
este dilema: sigo em frente ou viro à esquina?
Este impasse: prosa
ou poesia?
Vida
ou
arte?

Em verdade,
nascemos cindidos —
desde Sócrates
ou Agostinho: céu e lama, êxtase e fastio.

Volta e meia esta luta:
corpo insone,
mente insana
e esta lua...

E este verso, meu Deus,
que sempre volta, no fim da linha,
ao seu começo,
cheio de ecos,
cacos
e tropeços.

Volta e meia,
meia-volta...

(No entanto, do outro lado da rua,
o guardador de carros
não tem dúvida: se não descolar vinte pratas,
dorme na rua.)

THEOPHORUS - I

Vivo
no limite
do abismo.

Não sei se pulo
ou rio
do risco.

Quem sabe eu chore
e implore
a deuses extintos
o impossível perdão.

Se eu carrego um deus dentro de mim
para que diabos
eu quero um templo?

Vivo
à beira
do abismo.

Se eu abro a porta,
eu tenho o sol
e o infinito.

(A fé, amigo,
é irmã do desespero.)

Para quem tem um deus dentro de si,
o inferno é dos outros.

THEOPHORUS - II

Vivo
à beira
do abismo.

Para não correr perigo,
caí.

Para quem tem um deus dentro de si,
tudo é risco.

THEOPHORUS - III

À beira
do abismo
eu brinco.

Meu jogo é o infinito.

Às vezes aposto tudo
e nada ganho.
Outras nada jogo
e levo tudo.

O que vale é o risco.

À beira
do abismo
eu danço.

Para quem traz um deus dentro de si,
tudo é álibi.

(Doce é a vertigem
para quem lança os dados
no caos. Os dados
e as botas.)

Mas, principalmente,
à beira
do abismo
eu grito:

todo anjo é terrível.

Terrível e fascinante.

BALANÇOS

I.

Após tantas lidas,
deslindes e vindas,
constatamos pasmos
que a procura em si
foi melhor que o encontro,
o convite, então,
superior à festa,
e o sonho maior
que a posse esperada...

De todas as vidas
melhor foi aquela
que não se viveu,
e de todas as rotas,
aquela que a Rosa
dos Ventos jamais
conheceu. (A vida
é a carta ansiada
que nunca chegou.)

II.

Por que perturbamos
o fluxo dos dias
com nossas retinas
cheias de cobiça?

Melhor descansar
e esperar que o outono
leve enfim as folhas
do verão fanado
e nos acostume
ao sono sem sonhos
que em breve seremos.

III.
Irmãos, malogramos.
Nem poderia ter
sido de outro modo:
na vida se joga
de antemão sabendo-se
que se vai perder.

Antes, nada fôssemos.
Ou, se o não-ser
nos fosse negado,
nada desejássemos,
nem ouro nem louros
(o cetro do eparca,
a lira do bardo,
o cajado do sábio),
que a luta é ingente
e o resultado parco,
o querer tão grande
para um galardão
afinal tão ínfimo...

Assim, nesta hora,
quando a noite cai
por sobre os salgueiros
(a noite que estende
seu manto funéreo
sobre reis e príncipes,
mendigos e párias),
não estaríamos,
com os olhos cheios
de vã nostalgia,
contemplando as flores
nascidas do estrume
em que resultou,
malograda, a vida.

BLUES

When the train, it left the station
with two lights on behind.
Well, the blue light was my blues
and the red light was my mind.

Robert Johnson

Ela se foi.
Estou só:
o último cara
no último bar.

Ela se foi.
Restou só a noite
dentro e fora de mim.

Ela se foi.
E com ela foi-se tudo
o que um dia eu fui.
Ficou só a minha dor,
a minha gaita
e este blues.

Ela se foi:
o dia que vai nascer
sobre a estação deserta
será o mais azul
e o mais triste
do mundo.

CONFITEOR

Noite alta.
Lua cheia.
Vento frio.

Vai um vulto
pela rua
tortuosa,
desolada.

Volta e meia
ele para
e se apoia
a uma árvore
ou um muro.
Tosse, cospe,
torce as pernas...

Aqui de cima,
da janela
de meu quarto
aquecido,
protegido,
saciado,
enfastiado,
o observo
e reflito:

quem será
que está
mais perdido:

o vagabundo
lá na rua
ou o poeta
aqui em cima,
debruçado
na janela?

Aquele bêbado
maltrapilho
ou este aqui,
sufocado
de perguntas,
prolegômenos
e conforto?

Que besteira!
Pelo menos
aquele homem
tem alguma
trajetória,
uma rota,
um destino:
saiu de um
bar e está
retornando
para o quarto
da pensão
ou, quem sabe,
para o banco
de uma praça...

E eu? De onde
vim, para onde
vou? E ainda:
quem eu sou?
Ah, questões
tão anódinas
e estúpidas
para quem
não tem nada
mais de si,
fora a lua
e os seus passos
erradios
sobre as pedras
reluzentes
da travessa...

(Não existe
direção
quando não
se dispõe
a caminhar...)

Agora é tarde.
Estou preso
à janela,
minhas roupas,
minha classe,
aos meus transes,
aos meus trastes.

E o andarilho
lá embaixo
— meu irmão?
meu igual? —
já sumiu
no escuro
em que acabam
as vias todas,
as ruas tortas,
as ruelas,
as vielas,
avenidas,
toda a vida.

(Algo em mim
se perdeu.
Ou então
sempre esteve
extraviado...)

Vento frio,
lua cheia,
noite alta...

Me recolho.
E um pouco antes
de deitar,
garatujo
no caderno
estes versos

— os quais, se
não me servem
de consolo,
pelo menos
testemunham
que o poeta
não está surdo
nem está mudo.

Só está morto.

TORQUATAMENTE

quero morrer
sem espalhafato

sem dor
sem alardes
sem reclames

para dizer adeus
não é preciso gestos
altissonantes

basta saber viver
tranquilamente
todas as horas do fim

se a vida foi um drama
sair de cena
não precisa ser
necessariamente
um escândalo

melhor sair à francesa
sem cenas
sem bandeira

quero morrer
assim
sem ênfase
sem ênclises
só um bilhete:
pra mim, chega

simplesmente
fecho a porta
abro o gás
e vedo as frestas

quero morrer
assim
sem espalhar o fato

sem dó
sem alardes
sem vexames

como Torquato

MICROCOSMOS

Se fez uma tempestade
num copo dágua,
é porque havia dentro
um oceano inteiro.

NOTURNO

De repente, quando abri a janela, percebi:
a noite chegara. Não me dera conta
do adiantado da hora, da mudança do tempo, da súbita friagem.
Não vira o sol se pôr nem as estrelas se acenderem uma a uma
[sobre os edifícios.
A noite instalara-se sem aviso,
sem nenhum pressentimento.

Obrigado, irmãos, pela companhia até aqui.
Pelas risadas, pelas lágrimas, pelas confidências inesperadas.
Mas agora é preciso que eu vá
— e que eu vá sozinho.
Sem nenhum amparo, nenhum roteiro, nenhum Virgílio.
Algo me diz que eu já conheço o caminho:
uma estrada comprida e levemente sinuosa
a mergulhar no breu.

Nasci da noite. Cresci contra ela.
Contra ela desfraldei minhas bandeiras de insurgência.
Ah, foi dura a peleja. Agora eu retorno a ela,
reconciliado, apaziguado, completamente submetido.

Dama dos abismos, aqui estou.
Estuário de todas as fontes, oceano de todos os danos,
[doce amante terminal,
abre os braços brancos para mim. Dá-me os teus úberes vialácteos,
a vastidão incalculável do teu ventre, o teu sexo
túrbido e tépido.

Finda esta peregrinação que ao final me pareceu tão curta,
descalço minhas sandálias
conspurcadas pelo barro das veredas. Eis-me aqui, senhora,
nu e exaurido, para o último abraço, a última cópula,
[o último trago.
Diante das tuas portas engalanadas.
Diante dos teus muros altos.
Diante do teu fosso.

Desde sempre.

ROSA DA PALESTINA

Sobre os escombros
do que foi a casa de Zahwa
— que até esses dias
brincava aqui na frente —
nasceu
esta manhã
uma flor:

estúpida e inválida.

Não importa,
é uma flor
— a mais linda de Gaza.

ALEPH

Quisera
a palavra inaugural do paraíso
mas minha voz
— já sem fôlego —
está cheia de ecos
e cacófatos.

Não falo por mim.
Tampouco por ninguém:
não tenho clã nem urbe,
nem sou profeta de algum deus.
Mas em minha voz
— já sem fôlego —
repercutem as vozes todas
desde Adão.

Quisera
o senhorio de minha própria voz
— já sem fôlego —,
o domínio de meus solilóquios,
o narrador onisciente que me narra,
que abre travessões quando falo
ou aspas quando cito.
Saber que ao menos uma palavra
(esta: *eu*)
fora minha...

Se não uso clâmide
nem burel, não sou apóstolo
nem apóstata,
ao menos pudesse ter de meu
uma aposta:
esta voz
— já sem fôlego —
com que me falo
agora
na ágora vazia de meu crânio:
cálix onde dou de beber aos deuses mortos
a história
que me escoa.

Ah, quisera
nomear os seres todos,
descrever as cores do levante,
elucidar o sabor dos frutos ou a autonomia do vento
nos cabelos dos viventes.

Mas minha voz
— já sem fôlego —
veio rouca,
quase um fio,
e reboa,
cheia de ecos, cacos e cacófatos.

O pior é que não há ninguém
que a decifre.

THEOPHORUS - IV

Vivo
à beira
do abismo.

O alvo
é a graça,
a luz,
o voo.

O risco,
a queda,
a treva,
o enjoo.

O gozo
é o jogo.

THEOPHORUS - V

Vivo
à beira
do abismo.

Um passo em falso
e o universo se aniquila.

Um passo adentro
e se desfaz a alquimia.

Para quem
tem um deus dentro de si,
é tudo sacramento.

476 d.C.

fica decidido:
não haverá
segunda época

o monopólio
dos ímpios
nos é negado

roto
o louco
não dançará mais na avenida

mas o cego continuará
a pedir moedas
na esquina do shopping

perdi os ingressos
do cinema
perdi as chances
do remorso

fica
decretado:
o choro é livre
não inútil
porém ridículo

rememoro
no fim
a manhã primeva:

a sagração
o sangramento
da terra
sob o disco
ático
de apolo

agora
quando a noite cai
e todos os bêbados são pardos
meus olhos se fecham sem ternura
mas com lágrimas

caiu a grande babilônia

a mesa está posta
com a cabeça do batista
o sol se põe
sobre o nilo
e as águas do eufrates
são vermelhas
como sangue

hermes trimegisto ri

não haverá
segunda chance:
o ocidente
era um mito
mas não um acidente

ELEGIA 2014

Entre cismas e sismos,
hesito: eu podia ter matado o déspota
e enforcado o último clérigo em suas tripas.

Em vez disso,
peregrino de bar em bar
e venho dar na sua porta com um poema novo:
este, em que digo uma coisa
e faço outra.

Entre a vodca e o tédio,
vacilo: eu devia tocar fogo no Congresso
ou na Associação Comercial
e pichar os muros da cidade com um relâmpago:
eu sou o deus do fogo e minha amada é uma cicuta.

Em vez disso,
encontro um amigo e lhe falo de meus planos,
um livro novo, uma viagem
e as pessoas que há tanto já não vemos.

Entre caracteres e confetes,
oscilo: conto a verdade e me dano
ou me dano e sonego a verdade?
Enquanto isso, engulo as pequenas mentiras
do cotidiano
com que adiamos para outro século
a felicidade coletiva
e individual.

MEMORABILIA

Mirar el río hecho de tiempo y agua
y recordar que el tiempo es otro río,
saber que nos perdemos como el río
y que los rostros pasan como el agua.

Jorge Luis Borges

Olhar o rio e compreender que o tempo
é um rio que flui e não retorna, e, se retorna,
será, num tempo outro, um outro rio.
Olhar o rio e compreender também
que, se as suas águas as nossas mágoas
levam, é nesse rio, além da foz,
além do mar, além da noite extrema,
que as nossas lágrimas se transfiguram,
iluminadas não das mágoas mortas,
que destas já não há nenhum remédio,
mas daquelas que ainda surgirão,
pois se há fluir, se há correr, se há viver,
sempre haverá sofrer, e pena, e mágoa.

Olhar o rio e compreender que o tempo
é o rio sem fim em que nos batizamos,
irremediavelmente naufragados,
todo dia, toda hora, a todo instante.
Olhar o rio e aceitar que não podemos
nos agarrar aos ramos e às raízes
da encosta — e que os barrancos nem sequer
a fantasia da estabilidade
nos podem, despencando, transmitir.

Olhar o rio e compreender enfim
que, se a sina de todo rio é o mar,
o fim de toda gente é navegar,
ai, sem cartas, sem ferros, sem correntes,
em direção do insofismável mar,
na imensa noite que da noite outra
cai, silente, solene, generosa.

Olhar o rio e, mais que compreender,
reconhecer que o fim, no fim de tudo,
é se deixar levar por essas águas,
sem reservas, sem medos, sem paixões,
até que, num rio outro, além da noite última,
possamos vir à tona, como arcanjos,
nas águas límpidas do não-ser.

THEOPHORUS - VI

Vivo
na iminência
do fim.

Já dei adeus
ao ofício
de mestre
do coro.

Espero apenas
o belo e horrível
ressoar dos tímpanos.

(À espera do depois.
Na véspera do sempre.)

Para quem tem um deus dentro de si,
tudo é dança
e solilóquio.

TEOFANIA

De repente,
caí como morto
aos seus pés.
Arrastado por correntes,
esquartejado por punhais.

Foi tamanha a luz!

A sua cabeleira rubra.
A sua boca rubra.
A sua vulva rubra.
(Salamandras de fogo, corcéis incendiados nos céus.)

De repente,
no meio da rua,
uma menina cega me fazendo sinais:
ela me conduziu pela mão
a uma catedral de mil absides,
onde eu vi
com meus olhos impuros
o corpo estigmatizado
do Apóstolo.

Foi como se eu tivesse
subitamente nascido
e não soubesse pronunciar palavra alguma
na língua dos homens.

Meus cabelos ficaram brancos. E pretos novamente.

Chorei a noite toda.

De repente eu compreendi,
como num sonho:
tudo já aconteceu, só que invertido.

Quando dei por mim,
estava na casa de meus pais, coberto de incisões,
com um nome sagrado
tatuado no testa: *Al Mutakabbir.*

(Tudo é unânime. Tudo é hieróglifo.)

Hoje sei que viver pode ser glorioso.

Mesmo no mais abjeto
quarto de hotel.

TUDO É DESERTO

Como os santos e os profetas,
de repente eu me vi arrastado para o deserto,
atraído pelo seu poder de síntese e solidão: pedra e cal, sol e lua.

E lá eu me vi compelido a compor meu poema
apenas com os elementos que me estavam à mão:
a cal do tempo, a ilusória estabilidade da pedra,
a inclemência do sol e o espetáculo da lua
— cheia, enorme —
a nascer detrás das dunas onde há pouco estacionara uma
[caravana de magrebinos.

Meu poema:
margens em branco
(vacuidade, plenitude?)
e
no
meio:
teu nome
tatuado na palma da história
— cicatriz de criança, estigma de santa, giroflex na noite.

Como aos anacoretas,
o deserto foi a minha iniciação.

AS PALAVRAS E AS COISAS

Segundo a etimologia,
entusiasmo (do grego *enthousiasmós*)
significa, literalmente, trazer um deus dentro de si.

Eu sinto um deus dentro de mim quando:

o sol se põe escandalosamente vermelho no horizonte,
a lua nasce escandalosamente redonda e branca,
eu te encontro na rua — escandalosamente linda...

Hoje o sol não incendiou os céus, a lua não vai surgir
e, por mais que eu tenha rondado a tua porta,
tu não apareceste.

Desolação (do latim *desolatio*):
ato ou efeito de desolar (-se),
ruína, devastação, desamparo...

Que seria de mim sem o dicionário?

COSMOGONIAS

Os deuses nascem da angústia.
Diante do abismo, nasce um deus.
Diante da noite, nasce outro.
Diante do amor, diante da morte, diante do brilho do sol,
diante do mar tenebroso, diante da chama do fogo
nascem os deuses magníficos e terríveis
que nos atormentam.
Ajoelho-me ante o seu panteão, prostro-me, beijo a laje fria do chão.
Não sou nada. Eles também.
Mas juntos criamos o mundo
pelo poder da palavra que é nada também.
Tudo é nada? O todo pode provir do nada?
Deixemos estas perguntas tolas para os cientistas e os teólogos.
A mim cabe admirar o que não tem explicação,
o que não faz sentido
(admirar ou me indignar),
prostrado no chão, dançando no abismo, chorando a ida dos dias.
Os deuses nascem da angústia.
Diante de um par de seios, diante da semente na terra, diante
[da morte de um filho
nascem os deuses da revolta e da submissão.
A mim cabe apenas presidir o ofício divino
com minha mitra, meu báculo de pastor e meu espanto de criança.
Eu mesmo acendo as velas, exorto os fiéis, faço a leitura
dos livros sagrados.
Depois transformo barro em cidades, trigo em banquetes, vinho
[em civilizações antiquíssimas.
Não sou nada. Os deuses também.
Mas juntos criamos os mundos

que povoamos nas noites de angústia e solidão.
Pois cada mulher e cada homem nascem sozinhos (ainda que gêmeos),
morrem sozinhos (ainda que num acidente de carro
ou na explosão de um míssil na Faixa de Gaza)
e entre um ponto e outro, entenda: *ninguém te entenderá*.
Nem os deuses. Nem você.
Os deuses nascem da angústia.
Os deuses e este poema.

QUERELAS

Os modernos me ensinaram
que o poema, mais que raro, é escasso,
regateado a duras penas
entre a folha em branco e o dicionário.
Para outros, todavia, o poeta é o vidente
que queima o seu demônio interior
enquanto expele vitupérios sobre a plebe.
Há quem, ecumênico, tenha tentado
reunir os dois lados da família.
Deu merda: foram parar na delegacia.
O resultado, por sua vez, é vário.
E como o cânone está avariado, não sobraram
muitas regras para avaliar a produção.
Eu, macaco velho, não boto a mão em cumbuca.
Entre o esquadro e o absinto, fico com os dois:
Mondrian na parede e Jimi Hendrix no ouvido.
Na cabeça a lição dos antigos
e modernos — mais o conselho de papai: vá pela sombra, filho.
Já quebrei minha lira, já comprei outra
(com pedal de wah-wah), entrei na academia
de ginástica, dei um abraço no capeta
lá onde o vento faz a curva
e as palavras ficam turvas...
Mas pra falar a verdade, amigo,
depois da perda da aura,
ficou muito chato ser poeta.

FLORES VOTIVAS

Eu
não tenho
medo da morte.
Eu tenho medo quando uma coisa cai
e quebra
como porcelana,

seja uma velha amizade,
um novo amor
ou o sentido — fortuito — dos orbes.

Aí vem o vazio,
pior que a morte,
que não cola mais os cacos espalhados no chão.

Eu
não tenho
medo da morte.
Eu tenho medo da ode
inconclusa, da carta interrompida,
do beijo suspenso,
seja este poema — que em si nunca estará completo —
seja a vida, esta obra sempre aberta...

Por que o medo então,
se tudo é acidental
e acidentado? Por que não assumir de vez
que este medo — que me paralisa no trabalho, na fila do banco,
[no amor —
não é, no fundo, no fundo, o medo da própria morte?

Talvez seja
para não dar o braço a torcer
a esta velha desmancha-prazeres
que corta os brotos
antes das flores, ou, quando não,
colhe as flores antes dos frutos
— e as oferece ao Nada.

REVELAÇÃO

no dia do senhor fui movido pelo espírito
e ouvi atrás de mim uma voz forte
semelhante à da trombeta
que dizia: escreve num livro o que vês e envia-o às sete igrejas

o poeta se faz vidente
por meio de um longo
imenso e racional desregramento de todos os sentidos
todas as formas de amor
de sofrimento
de loucura

voltei-me para ver de quem era a voz que me falava
ao voltar-me vi sete candelabros de ouro
e no meio dos candelabros
alguém semelhante a um filho do homem
vestido com uma longa túnica
e cingido no peito com um cinto de ouro

buscar-se a si
esgotar em si mesmo todos os venenos
a fim de só lhes reter a quintessência

quando o vi caí a seus pés como morto
mas ele pousou a mão direita sobre mim e disse-me
não temas
eu sou o primeiro e o último
o que vive
estive morto mas eis-me vivo pelos séculos dos séculos
e tenho as chaves da morte e da morada dos mortos

inefável tortura para a qual se necessita toda a fé
toda a força sobre-humana
e pela qual o poeta se torna o grande enfermo
o grande criminoso
o grande maldito
e o sabedor supremo

escreve, pois, as coisas que viste
tanto as presentes
como as que hão de acontecer depois destas

TRAÇADOS

Na verdade
Deus escreve torto
por linhas igualmente mal traçadas.
Todo anjo é barroco
e os santos
foram expulsos da República
juntamente com os poetas.

Na verdade
nenhuma luz é pura
e em excesso sempre cega.
Por isso tenho andado à sombra
e pelos caminhos mais escusos.

Sol e lua, carrego-os no bolso,
com um magote de estrelas
— cuidando que ninguém o saiba.
E o canto que ora canto
é feito de barro e madressilvas
em escalas variadas de silêncio.

OFERTA

Como a voz de muitas águas
você me acordou dentro da noite
e eu era como um velho navio naufragado.

O canto dos peregrinos
me chegava aos ouvidos
como uma recordação maldita.
E de repente eu desejei
que não houvesse sol — e nos tons sanguíneos
que antecedem o dia
tudo se revolvesse
e resolvesse.

(Tenho andado tanto
e cantado pouco — pensei.)

Por isso aqui estou
à tua porta
e trago como ex-voto
os veios que as bátegas da chuva
abriram no meu rosto
— e as minhas mãos cansadas
e vazias.

L'AMOR CHE MOVE IL SOLE E L'ALTRE STELLE

Teus olhos me iniciaram no assombro de viver:
fiquei perplexo quando descobri que não havia limites para
[o encantamento.

Ao caminhar pela praia,
debaixo da última lua da história,
eu compreendi que o beijo
é o pacto que une céus & terra & oceanos & povos & raças & línguas.

Teus pés me indicaram um novo caminho
enquanto teus dedos apontavam as estrelas do céu e os grãos
[de areia da praia do mar.

Podemos contá-las?
Fundaremos uma nova civilização?
Morreremos na próxima guerra?

As perguntas são tantas
que a única resposta é o espanto.

Mas o momento supremo
foi quando dois seios me revelaram
que todos os poemas do mundo
cabem na palma de uma mão.

PRESENÇA

Desde sempre o sol luziu
neste adro. Desde sempre eu te esperei
neste banco de madeira. As arcadas do templo,
brancas do fulgor do meio-dia,
não refletem a espera,
a demora da espera,
o desespero da espera.

Desde sempre estive aqui
e o sol que ora me arde nas pálpebras
é o mesmo sol que crestou as faces peregrinas
de Ulisses.

Ulisses retornou um dia,
cabelos brancos, olhos fulgurantes.
Tu nem começaste a chegar.

Desde sempre estou aqui
(e sei que sempre estarei)
e a espera se tornou uma presença,
uma espécie de presença
— como este sol
como este adro,
como este templo.

INSTANTE

Tudo o que sou,
e tenho, e quero
um dia nada será
— como a poeira, carregada de pólen,
que o vento leva
neste prenúncio
de primavera.

Tudo o que sou:
este corpo, esta mão, estes dedos
que empunham esta caneta
como uma arma,
uma bandeira.

Tudo o que tenho:
livros, memórias, dilemas.

Tudo o que quero:
o azul deste céu de setembro,
o esplendor do vento
na concha dos teus ouvidos.

Tudo isto
em breve
nada será.

Como antes,
quando o nada era.

No entanto, agora,
enquanto engulo xícaras de café,
e preparo a aula desta noite,
o que conta é este poema
que irrompeu
inopinado
como a eternidade
nos olhos de um condenado.

SOLA SCRIPTURA

Inscrevo
no teu corpo
as marcas da minha salvação.

De um lado,
uma cruz, um horto, um coração
vazado.

De outro,
uma terra que mana leite e mel.

Entre um ponto e outro,
soletro minha bíblia
e de joelhos confesso:

tu és a minha luz
e a minha danação.

AUTOFICÇÃO

Entre o eu
e o eu lírico,
a pessoa e o personagem,
o homem e o nome,
o poeta cavou um fosso, uma cova, um despenhadeiro.
Ergueu diques, tapumes, balaustradas, a Muralha da China.
Cercou seu coração de trincheiras,
minou o entorno
e se instalou numa casamata,
cercado de incunábulos
de poetas mortos.

Desceu a chuva, vieram as torrentes, sopraram os ventos.
Grande foi sua ruína. Nada restou do poeta,
de seus projetos
e manifestos
— a não ser uma nódoa
de vida
em alguns versos.

SIMBOLISMO

Recolhi todas as estrelas
nas minhas mãos em concha
e aqui as deponho
como instrumentos
de iniciação.

Com elas desenho um outro céu
num novo firmamento,
com duas luas, dezoito sóis
e o cometa dos seus olhos
encabulados.

Neste outro mundo
tudo se corresponde: o eco da sua voz
é o pássaro que me acordou
de madrugada. Suas mãos
no regato
é o tempo que me segreda
mistérios novos.

Recolhi todas as estrelas
e descobri que tudo é símbolo:
cada astro, cada planeta
é o signo de um antiquíssimo alfabeto
que só agora decorei.

Recolhi todas as estrelas
e elas palpitam como peixes vivos
nas minhas mãos
maravilhadas.

E descobri que ser poeta
é saber lê-las
para você.

SACRILÉGIO

Vestido de saco e coberto de cinzas,
nos teus átrios eu grito:
acaba comigo. É inadmissível viver
depois de haver contemplado a tua glória.

Genuflexo
no teu tabernáculo, eu suplico:
derrama a tua ira sobre o meu corpo insolente.
Não há mais lugar na terra
para quem conheceu tuas delícias.

Prostrado na laje fria
do Santo dos Santos, eu imploro:
risca o meu nome da terra dos vivos.
Depois de haver provado do teu sumo,
toda a felicidade do mundo
é infâmia.

SER POETA - I

Ser poeta é abrir a janela
e sentir o impacto da vida
como um coice
no peito nu.

Ser poeta
é esquecer as palavras
na ponta da língua
e achá-las depois
no bolso
ou num velho banco
de um jardim de inverno
quando já não tem mais ninguém pra te ouvir
e só te restou
escrever
este poema.

Ser poeta
é não aceitar
que as coisas passem
e tentar reter
alguma imagem delas
(um eflúvio, um efeito, um afeto...)
com palavras
— que passarão, quem sabe,
mais rápido ainda.

SER POETA - II

Ser poeta
é não aceitar
que tudo passa
e que neste passar
passaremos também.

(Este instante, este sol, esta contração no teu rosto
— para onde vão? para onde foram?)

Por isso, obstinado,
gravo na casca do tempo
— que cairá também —
meu nome e o seu:
as sanhas desse momento
nas senhas deste poema.

Passaremos, meu bem.
Mas enquanto não passarmos
brilharemos
— alto, bem alto —
como o sol de janeiro.

CORPO SANTO

Exausto das lides do amor,
lavo teus olhos
em que ficaram impressas
as imagens do dilúvio que nos afogou
e cujas pestanas se fecharam sobre o meu corpo torturado.
Escaldo teus pés
que conheceram as errâncias de muitos caminhos
e calcaram a cabeça da serpente numa tarde de maio.
Banho o teu dorso
dócil às minhas mãos maduras
e acostumadas aos trabalhos nas galés.
Com a água das primeiras chuvas do outono,
enxáguo teus lábios
que proferiram blasfêmias de intrépido encanto.
E finalmente banho o teu púbis,
escuro como a noite primeira,
e, dentro dele,
o fabuloso sol
que me incendiou.

TRANSEPTO

Como prometi, roubei o fogo
e com minhas mãos de labaredas
te incendeio. Deus está solto, eu o sinto
em minhas veias pulsantes e em teus poros abertos.
E este fogo que acendemos na noite
é sagrado como é sagrado o pão sobre a mesa
e o vinho no cântaro de barro.
Como prometi, roubei o fogo
e agora somos uma sarça ardente
que se ilumina de sua própria luz
e se embebeda de sua própria chama.
A vida é terrível, eu sei,
mas neste instante de ternura e pavor,
em que não cremos em nada,
Deus está vivo
e é ele que dilata nossas pupilas insones
e bombeia nosso sangue pagão.
Como prometi, roubei o fogo
e com ele inauguramos uma aurora boreal,
a mais bela do mundo.

O FIM DE TUDO - I

O fim de tudo
é triste
como um fio partido.

O fim do dia.
O fim da vida.
O fim do amor.

Depois de tudo
não há como retornar
ao Paraíso.

O sol se põe.
A vida passa.
O amor acaba.

O fim de tudo
é triste
como um fio partido
no labirinto.

E estar aqui,
perdido,
não faz o menor sentido.

PARTIDA - I

Todos os caminhos são vazios
quando não pisados por ti.
Mortas as luas e sombrios os sóis,
se não vais ao meu lado.
Ontem, por exemplo, a água do poço
travou-me a boca, com sabor de ferrugem
— só porque não estavas no jardim.
E todas as maçãs amanheceram podres
na compoteira da varanda
porque não foram as tuas mãos que as dispuseram.
Sou um homem orgulhoso
e de coração duro, mas admito
que este local ameno
não será mais que um sítio desolado
depois que tiverdes partido.

PARTIDA - II

Hoje todos os caminhos estão desertos
porque já não podes andá-los.
Não há mais luar e o sol é amargo,
pois me fugiu para sempre o teu vulto.
Agora, a água do poço é salobra
e de cardos se vestiu o antigo jardim.
Na compoteira trincada da varanda
nem um sinal dos teus cuidados.
Sou um homem alquebrado
e já sem nenhum orgulho.
Mas peço ao Senhor
que estenda indefinidamente os meus dias sobre a terra
— porque, morto, tu morrerias para sempre também.

LETES E *ALÉTHEIA*

Silencio sobre o rio que me deságua.
É inútil a resistência. Contra este rio
sempre nós perdemos. O que fica, o que resta, o que sobra
não é a obra sobre a qual eu me debruço,
acabrunhado, nem a fibra que se enrija
nesse empenho. É a hora, igualmente perecível,
em que o cio, no ventre mesmo do silêncio,
o desafia a ser presente. (Horas a fio
eu vigiaria o teu corpo adormecido.
Anos a fio eu chorarei nossas tardes
sepultadas.) Silencio sobre o rio
que me deságua. Não haverá discursos fúnebres
nem lamentos. Dentro da madrugada
viveremos, todavia. Como um facho.
Ou: um cometa. O rio corre, a tarde morre
e o cio brutal que me arrebenta
me confessa imperecível
nesta hora passageira.

O FIM DE TUDO - II

O fim de tudo
é como
um livro lido:
depois da trama,
vem sempre o fecho.

O fim de tudo
é como
um palco mudo:
depois do drama,
cai sempre o pano.

E eu, aqui na cama,
ou no teatro,
não mais me engano:
no fim, o sonho
é melhor que o feito
e o boato maior
que o fato.

Não me iludo:
depois de tudo,
vem sempre o nada.

(E você,
aí na rua,
não tem mais Ítaca
para voltar.)

BEBE SEM PRESSA O TEU VINHO

Bebe sem pressa o teu vinho.
Estende a mão e colhe o que te é dado:
um naco de pão, o último raio do sol, a mulher ao teu lado.
Em breve será noite e não mais terás olhos para ver
nem mãos para palpar. Recolhe, portanto, no aprisco te tua choupana,
o pequeno rebanho quc tu não mais tosarás (outro o fará).
Guarda o teu cajado e a flauta de pã
que ninguém mais ouvirá na colina.
Senta-te à janela e, se quiseres, chora,
pois ninguém te devolverá a mocidade morta.
Os dias de ser feliz já estão longe
e tu os desperdiçaste. Contempla o céu
onde morre o sol e de onde virá a noite
que te ignora. Depois deita com a mulher ao teu lado
e a ama pela última vez. Mas não faças nenhuma oração.
Nenhuma. Os deuses não a ouvirão.

AQUELE-QUE-NÃO-SABE

No tempo do plantio eu fiz minha colheita.
Agora, que o jarro já quebrou na fonte
e a roldana rebentou no poço, eu chego ao meu pomar
e não vislumbro um fruto. No tempo dos abraços,
quando um sol de bronze se elevava sobre mim,
eu fugi por todos os caminhos. Agora,
que a noite cai e eu recolho as ovelhas magras no redil,
não há ninguém para me dizer adeus.
Levantei muralhas quando era para derrubá-las.
Destruí castelos quando devia refazê-los.
No tempo das lágrimas, eu ri.
No tempo da bodas, calei.
Quando era a hora de buscar, eu me perdi.
E agora choro em vez de gargalhar
e cerro os lábios para não gritar o teu nome como um insensato.
Se há um tempo para cada coisa,
como diz o Eclesiastes,
para mim os tempos já vieram todos rotos.

AMOR ADENTRO

Adentro teu corpo
como quem adentra o mar
e, mar adentro, adentra a noite:
lemes, velhas cartas de navegação, astrolábios
são inúteis para me guiar. Não sei se descobrirei Américas,
Atlântidas
ou se me afogarei. Sei apenas que o mar
tem gosto de lágrimas
e o amor é salgado.
Adentro teu ser
como quem adentra o mar à noite
e, mar adentro, noite adentro, adentra o mistério dos seres,
sem âncoras, sem bússolas, sem nenhuma orientação.
Não sei se ouvirei sereias, preso ao mastro como Ulisses,
ou se serei arrebatado num carro de fogo como Elias.
Sei apenas que é tarde,
muito tarde,
e que todo amor é amargo.

SACRAMENTO

Teu corpo é belo
não porque seja perfeito
segundo a régua
de olhar alheio.

Teu corpo é belo
(ainda que frágil)
porque é o lugar
da manifestação de tua presença
— única e irrepetível —
no tempo e no espaço.

Ora, o tempo
escorre
e o espaço
se transforma
sempre. Mas a graça
que se mostra em ti
a cada instante
se renova
em novíssimas formas.

Por isso,
cada veio
que se abre,
cada veia
que se mostra
nada mais são
do que sinais
(ainda que frágeis)

de um deus que se revela
para além das aparências.

SANGRAMENTOS

atenção:

cada palavra
é uma arma
branca

calada
vira mágoa

falada
vira chaga

nos dois casos
ela sangra

COMO UM OBJETO PONTIAGUDO

Como um objeto pontiagudo,
sinto aqui tua tristeza
e ela é doce e amarga como um penhasco
em noite de procela.
Tal uma gilete enferrujada,
tua insônia me lacera a alma
e raspa da superfície branca do papel
todas as palavras
que o vento semeou de madrugada.
Agora eu sei que teus olhos vermelhos
nunca mais me deixarão dormir
e eu não serei mais que um homem condenado
a ser-te estranho. Quando eu disse
que a lua branca enlouquecia,
teu coração se fechou como um punho no meu rosto.
Senti a têmpera do aço de teu corpo
que nunca chegarei a conhecer. Quantos agostos serão necessários
para apagar teus rastros do meu dorso? Quantas chuvas?
Olha, esta ruga foi tu que me fizeste
e estes versos, de intolerável beleza,
foram escritos à tua sombra.
No entanto, não serei mais poeta,
pois as palavras agora são um fardo.
Serei um homem simples,
sem pretensões,
que volta da panificadora com sete pães francês e um litro de leite
desnatado.

(Tornar-se adulto
é celebrar o luto do menino
que nunca mais vai contemplar o sol,
pois, ainda que seus olhos sejam os meus, o menino já morreu.)
Como um objeto pontiagudo,
sinto aqui tua tristeza
e ela é doce e amarga
como a vida.

A UNE PASSANTE

Em alguma esquina
da vida
perdi minha aura.

Ando agora pelas ruas
— transeunte comum —
sem esperanças de que um verso
dê sentido
ao que não tem sentido algum.

Mas se ao menos eu te visse,
ainda que de relance,
a minha vida se encheria
de luz
— nem que fosse por um instante.

EXISTE UMA DOR TÃO AGUDA QUE NÃO DÓI

Existe uma dor tão aguda que não dói.
Uma luz tão forte que não brilha.
Um calor tão quente que não queima.
Há momentos que se precisa de silêncio
e outros em que o silêncio, insano, ensurdece.
As bocas estão mudas, as mãos secas.
E não existe nenhuma explicação. Ou todas.
O trabalho resultou perdido. A lágrima não rolou.
Ruínas por toda parte. Ruínas e orgulho.
Quando a luz é forte, o olho pisca.
Mas e quando são as trevas que ofuscam?
Existe uma dor tão aguda que não dói.
Existe uma forma de chorar que nem os anjos ouvem.
E existe uma forma de chorar que é como escrever enigmas na areia.
Um dia tudo vai passar. Aí talvez seja tarde
para desfazer a trama. Há momentos que se precisa de silêncio
e outros em que se deve gritar.
Há um fogo que arde e não se vê.
E há um fogo que não arde mas queima por dentro feito cal viva.
(Ruínas por toda parte. Ruínas e orgulho.)
Existe uma dor tão aguda que não dói.
E existe uma dor para a qual não há remédio algum no mundo:
a dor da lua nascendo. A dor da luta abandonada.

OFICINA DE SILÊNCIOS

Eu tenho uma oficina de silêncios.
Nela eu forjo as palavras com que te direi um dia
que todo ardor é vão. Se estendo a mão
para tocar o céu, o espetáculo a que assisto é de o uma sublime
indiferença.
Os deuses sabem que o caos não se sustenta sem beleza
e que todo esforço de compreensão
resulta inútil. Sim, é magnífico o sol que doura as nuvens no
horizonte,
porém meus olhos só foram feitos para buscar na noite
a referência amarga do teu corpo.
Na minha oficina de espantos eu trabalho numa súmula
que diga tudo: que a vida é boa, o inverno é lúgubre
e a saudade é uma forma de reconhecimento.

SINAS

Escravo do que escrevo,
grafo na lousa
um nome inviolável.
O enlevo é tanto
que todos os corpos celestes
caíram no papel
formando um saga
ou um conto de fadas.
É lua cheia, ouvi dizer. E meu leito
está vazio — como um rio intermitente
na estiagem. Ainda que chovesse toda a chuva
acumulada desde o dilúvio,
os sulcos que se abriram debaixo de meus olhos
nunca seriam preenchidos.
Viver é uma espécie de esquecimento.
Uma espécie longa e aprazível.
E o riso não é o oposto do choro,
mas o seu espelho convexo
convertido em brisa e dança.
Por isso eu escrevo como vivo.
E vivo como devo.

GALIZA

Teus velhos paços de granito,
tua pompa de fidalgo encanecido,
o lamento longo de tuas gaitas tristes
e o nome de tuas ruas
(Rua das Fontinhas, Ruela De Sae se Podes, Rua da Amargura...)
me fizeram recordar
que a vida não é lida
nem Ilíada
mas velha cantiga de amigo,
dorida,
sussurrada a um ouvido machucado
num fast-food em Vigo.
Hoje eu sei que foi aí
que minha língua primeiro se soltou.
Hoje eu sei que posso desistir,
sem me fazer ao mar (que será sempre de Portugal,
teu filho mais ingrato).
Galiza, triste nai,
aprendi que saudade
é um jeito de voltar sozinho
depois que se esteve acompanhado.
Hoje, neste cabo, que já foi o fim do terra,
choro todas as mágoas dos emigrados:
galegos, sírios, bielorussos, haitianos...
Choro tudo,
pois agora eu sei
— como uma libertação —
que o hábito de sofrer,
que tanto me diverte,
nasceu em tuas rias

e nos sinos roucos
de teus desolados campanários.

RENASCIDO

Tem noites
em que quero esconder meu rosto
não na fronha ou nas cobertas,
mas no meio
das tuas pernas
abertas. A vergonha é tanta
por ter nascido
que só o retorno às fontes
me pode salvar
do colapso dos dias.
Tem noites
que quero beber de meu próprio poço
até o fim, morrer, renascer
como um broto,
um pássaro,
um arquipélago azul.
Toda a vida é espanto.
Todo amor é perjúrio.
De ti nascerei de novo
como um homem
pronto a chorar
como da primeira vez.

LUZÊNCIA

Entre o verme que me espera
nas entranhas da terra
e a estrela que me espreita
das alturas azuis,
minha vida se desenrola,
ora baça, ora envolta em luz...
Se é na sarjeta que a lua é mais bonita,
é na noite mais escura
que os teus olhos brilham mais.

TEMPS PERDU

escravo do que escrevo
não vivo, vicejo,
e vejo, pasmo,
o que perco do que passa

escravo do que perco
não vivo, escrevo
e revejo, avaro,
o que passa do que perco

se não há jeito
tento ao menos reter
um pouco do que passa
do muito do que perco

escrever vai ver é isso:
mais que reviver o vivido
reinventar o perdido

SANTO SUPLÍCIO

meu gozo
é observar teu gozo
no rosto
no ríctus do lábio
torto
nos olhos
súplices, dúplices
enquanto tuas mãos
contritas
agônicas
como que imploram:
meu amor
não goze agora

ENTRETECER

A minha vida
roça a sua
como uma asa.

A roca do tempo
tece a vida
— e neste leve tecer
nos entretece.

Pode ter sido
um mero esbarrão
(opa! desculpa!)
ou pode não.

De repente é na beira
que a água é mais profunda.

ROSA PRISTINA

A poesia
é o que sobra
quando tudo acaba:
a amor,
a vida,
a obra.

Como a rosa
quando seca.
O que fica
não é o seu cheiro,
sua cor,
sua forma...

O que fica
é o seu nome
— rosa —
em toda sua fragilidade
concreta.

ABISMOS

Trago abismos
e brisas e brigues e ecos de sismos
em mim: não há morte
ou não há vida?

(Hoje amanheceu cinza
e vi que tudo era cinza:
a vida, o dia, a paisagem...)

Trago abismos
e catástrofes e cataclismos e calafrios
dentro de mim: não há estrofe, ou cantos, ou danças
que deem conta do frio
que pressinto.

Tudo é verso
e diverso.
Até a rosa, até o certo.
(Não há morte. Não há vida.)
Neófito de tudo, ensaio meu salto final
no outro lado do mundo.

INICIAÇÃO - I

Dentro de ti
encontrei o sol da meia-noite.
Com cacos de vidro e sangue
escrevo um novo capítulo da minha história: névoas, pântanos,
[presságios
e todo um caminho
que vai da dor à tua porta.

(A vida é leve
e sobre nossas lápides crescerão em breve
a sombra de outras heras.)

Não trago flores da Abissínia
nem tampouco o óbolo
com que se suborna Caronte.

No entanto, poeta falho,
esboço tartamudeios em teu corpo claro.

Se ostento sol e lua
ainda presos aos meus cabelos
é porque o orvalho que destilo
sabe a sal.

E, só,
palmilharei todas as estradas da Terra
até que me devolvam
tua voz, teu medos
e teus olhos grávidos de siderações.

TRÊS VARIAÇÕES SOBRE O BEIJO

1. O caminho mais curto
entre dois corpos
é o beijo.

2. Cada pessoa é um abismo
— cheio de flores, cataclismos e escombros.
Nas ruas os abismos se cruzam
mas não se encontram.
Se cumprimentam, se falam, se amam
mas não se entendem.
A única forma de comunhão
entre um abismo e outro
é o beijo: nele, por um lapso de tempo,
o vazio é abolido
dentro de um vazio maior
— cheio de cataclismos, escombros e flores.

3. Não beijes. Não fales. Não ames.
A vida é muito curta
para que dois seres se entendam.

CRIAÇÃO

a vida
ora é luz
ora é treva

(aí dói
esmaga
espanta...)

a vida
ora é azul
ora é blues

(aí sangra
escorre
sufoca...)

entre o céu e o vermelho
fraquejo

(não vejo meu rosto no espelho...)

aí não tem jeito:
é um caco no pulso
ou outro poema que escrevo

VOCAÇÃO

Houve épocas
em que a morte andava comigo, companheira fiel e afável.
Toda manhã eu via seu rosto no meu quarto
e era a ela que eu dirigia minhas preces à noite.
Ao sair pelas ruas
era ainda sua voz que me perseguia
em cada esquina, seus olhos que me fitavam
em cada vitrine. Aprendi a ser simples
com ela. Foi ela que me mostrou
o vazio dos planos e o descabimento dos sonhos.
Sim, durante muito tempo, fui seu discípulo fiel
e é dela que adquiri estes olhos distantes.
Depois, envolto na vida, fui me esquecendo pouco a pouco de
[sua figura.
De que adianta lembrar-me de seu doce sorriso
se eu tenho um dia inteiro pela frente?
Foi então que as coisas
se tornaram menos difíceis para mim. Obtive algum sucesso
e os homens chegaram a me ver como um igual.
Até sorriam para mim e me davam tapinhas nas costas.
No entanto, a névoa que toldava as paisagens
sumira, e meu dia ficou mais cheio de arestas
e pedras vazias. Já não tinha mais olhos para o poente
nem amor pelas folhas que se desprendem no outono.
Até que uma noite, numa festa, cercado de imbecis,
me refugiei no banheiro. E foi então que a vi de novo.
Custei a reconhecê-la – pois ela me mirava com meus olhos no espelho.
E meus olhos estavam cansados.
Ela me disse: Volte. Eu ainda não me esqueci de você.
Eu voltei. Sim, eu voltei para ela. E me tornei novamente poeta.

SÚPLICA

a ti eu só peço
o silêncio
cúmplice

até o amor
virar fóssil
ou míssil

INICIAÇÃO - II

Um dia as estrelas do céu caíram todas
e eu me vi perdido numa praia que se confundia com a noite.
A noite era tão funda que eu cheguei a esquecer o cor dos teus
[olhos.
A ondas molhavam meus pés
e as vagas no horizonte desenhavam um naufrágio.
Tudo era novo, embora conhecido há milênios.
Se o viver era precário, sabê-lo já não era nefasto.
A ninfa da melancolia, derramando sua eterna ânfora de mágoas,
me fitava do fundo do corredor. Então chorei.
E de meus olhos nasceram rios, e desse rios oceanos.
De cada oceano, no continente que surgia, brotava uma nova
[civilização.
No entanto, eu continuei perdido
porque agora já não lembrava sequer do contorno do teu rosto.
Ai, quisera retornar à rua de minha infância
e bater bola com os colegas do bairro. Mas todos estão velhos
e um inclusive já morreu.
É isto a vida? — um dia me perguntei.
A vida mesma se encarregou de me responder
e se mostrar eloquente.
A noite é dura. Perder teu vestígio também.
Mas agora trago uma estrela no bolso
que me ilumina os olhos e me faz crer
que ao fim da noite te reencontrarei intacta.
Tudo é novo. E antigo.
Mas já não é trágico.
Caminho por uma praia
que vai terminar na aurora.

INSCRITURAS

Inscrevo estrelas
na córnea dos teus olhos
insones. Carruagens
de fogo nos desnudam.
A vida ora é azul
como brisa,
ora escura,
como blues.
Se corto meu pulso
o que escorre é a nostalgia
de uma era em que tudo era crível.
Todas as estradas do mundo
são insuficientes
para o anelo de meus pés descalços.
Acorda, olha lá fora:
é dia mas uma lua de sangue,
enorme,
derrama seu mênstruo
sobre a cidade.
Inscrevo cometas
na sola dos teus pés cansados.
Depois os apago
com o sal de minhas lágrimas.
A vida é qualquer coisa assim
entre um conto
e um assombro.

CELEBRO A VIDA

Celebro a vida
como quem celebra um passarinho morto:
com velas, com terra, com lágrimas.
(Por que ele morreu, mamãe?)
A vida às vezes é um troço absurdo.
Mas ainda assim
eu a celebro.

TEMPO SUJO

No Brasil, é agosto
o mais cruel dos meses.
Apesar do escândalo dos jasmins
e da solar promesssa dos ipês,
a tarde virara uma noite de agudas estalactites.
Não ousei virar o rosto para trás,
pois não pode haver passado onde o futuro é um acinte.
As trombetas talvez soem álacres
diante do impropério de estar vivo. Rasguemos
as ilusões: o horizonte agora é outro.
Na esquina, um pedinte exibe as chagas e o sangue é vil e sujo
como a vida. Volto para a casa,
anônimo de mim. Tornei-me enfim adulto.
(Sei que em algum lugar uma criança negra morre
com um tiro na cabeça.)
Não tenho adagas para me rebelar.
E a adega dos poemas está seca. Como os olhos.
Carlos, o tempo não chegou de completa justiça.
O tempo ainda é de fezes, alucinações e golpes sujos.

COMO UM PEREGRINO

Impregno-me de ti:
se minhas raízes descem até o fundo de tuas grutas,
são em mim que teus frutos amadurecem.
Tudo é aprendizado.
Mas há um mistério que só nos é dado conhecer
por revelação: a cor dos teus olhos
quando o dia se finda.
Impregno-me de ti: tua pele me recobre
e é teu fôlego que bomba meu coração.
Dentro de minhas vértebras alquebradas,
encontro tua omoplata.
A vida é um aprendizado.
Dizer adeus é um aprendizado.
Dizer estou pronto também o é.
Impregno-me de ti: tua noite é meu dia.
Teu sol é minha salvação.
Tudo poderia ser nada. Ou indiferente. Mas o dia vai alto
e eu estou diante de teus seios
como o peregrino diante das muralhas.
E agora posso dizer, sem susto ou esperança:
— estou pronto.

NIETZSCHENEANO

As musas estão mortas
e o Espírito do Senhor já não me visita com a mesma regularidade.
Ando a esmo,
procurando o outro no mesmo
e o todo no nada.
Ainda resta
uma réstia de sol detrás dos últimos edifícios.
Mas é difícil virar a esquina, engolir a saliva
quando, morto o amor, não sobra nem raiva nem rima.
Mas, quem sabe,
se eu te visse sem blusa,
do grande caos que há em mim,
nasceria
uma estrela bailarina.

LE TEMPS RETROUVÉ

Converti o tempo
em aliado: o sol
que morre, a lua
que no céu se transfigura
são as duas faces
do meu caminho.
Não choro mais: o tempo
é mais que rio:
oceano onde tudo que somos
— ganhos e danos —
se deposita
como um buquê de flores
numa jarra branca.
Converti o tempo
em aliado: não temo nada.
Nem a noite no fim da noite.
Nem os olhos que, cansados, fecham.
Há sempre um beijo
para cada pálpebra.

IN FINES

no fim
você está sempre só
como no fundo
sempre esteve

no fundo
você está sempre nu
como no início
sempre esteve

À GUISA DE POSFÁCIO

por Sandra M. Stroparo

O livro não tem uma epígrafe, mas vários poemas têm. E, embora elas nos deem várias dicas, não revelam realmente o tesouro escondido de citações mais ou menos claras, menções sutis, rápidas paródias ou respeitosas homenagens e paráfrases que incorporam aos poemas uma quantidade respeitável de textos clássicos, filosóficos, literários, bíblicos, prosas e poemas da melhor tradição ocidental.

Essa combinação não é simples, e está longe de ser um acúmulo de referências. As citações se integram perfeitamente aos poemas, como um complemento inescapável e não como um acréscimo ou um adendo que, muitas vezes, parece meio forçado na poesia contemporânea. O que acontece é que este repertório incorporado aos poemas faz parte, e provavelmente há muito tempo, do leitor atento e variado que é este autor.

Este é o segundo livro de poemas de Otto Leopoldo Winck. O primeiro foi *Flor de barro*, que saiu em 1987. Bastante tempo depois, em 2006, veio *Jaboc*, romance premiado, romance dentro do romance em que recria, no mundo acadêmico, as angústias da criação e os embates pessoais e mesmo teóricos que a elaboração de um texto literário pode gerar. Esse era um tema de que ele já podia tratar, já que sua formação e sua carreira profissional são também atravessadas por essas questões: Otto se formou entre a Teologia e as Letras, passando pela Filosofia, e há anos é professor de ensino superior. E essas informações não são aqui uma mera pretensão curricular, mas uma referência importante de sentido para a leitura dos poemas que temos aqui.

A presença, portanto, de um impressionante e vasto repertório de leituras, que traduz a sólida formação do autor, não parece pedante entre esses versos. Não há flertes com o exibicionismo nem com a comiseração afetada, até mesmo porque a crueldade deste *Eu* contra si próprio beira o suicídio.

Porque a saída — ou a ausência dela — está muito mais para o niilismo ou a percepção do impossível. Emulando, em grau mínimo (o do sujeito particular), o momento agudo das crises que vivemos, os poemas expõem e se expõem, como uma forma de dizer a seu leitor que, ao pensar que a vida pode não ser mesmo grandes coisas, ele não está sozinho.

> Assim, nesta hora,
> quando a noite cai
> por sobre os salgueiros
> (a noite que estende
> seu manto funéreo
> sobre reis e príncipes,
> mendigos e párias),
> não estaríamos,
> com os olhos cheios
> de vã nostalgia,
> contemplando as flores
> nascidas do estrume
> em que resultou,
> malograda, a vida.
>
> in "Balanços"

Se ideias e crenças desmoronam e, ao menos por ora, sem nada que se coloque em seu lugar, nem utopias, nem distopias, esse sujeito trata daquilo de que a poesia parece poder dar conta. Ou ao menos é aquilo de que ainda se pode falar sem que a controvérsia, a polêmica interminável das razões do nosso tempo gere a desconfiança e o vazio final. Afinal, o poeta ainda pode — ou não? — dizer como dói seu próprio calo...

Neste mínimo, sobre este *Eu*, ele cumpre seu papel: diz que dói e divide seu desespero, e esta é uma forma de se solidarizar, mas sem condescendência, com a dor do outro que ele não conhece mas que, como ele, demasiado humano, também sente.

Porque ser humano é solitário, e difícil.

Ao falar da morte de Deus e suas consequências na literatura do século XX em diante, Charles Glicksberg afirmou que sem a presença dele sobrou para o escritor um mundo que não se mantinha mais de forma unificada. No processo de eliminar o que era antes sobrenatural, a ciência teria acabado por intensificar a percepção do absurdo: do homem, da existência, do mundo. Cada autor precisou lidar com isso à sua maneira, e tão complicada foi a constatação da morte de Deus quanto a dúvida sobre o assunto, os restos de fé e negação misturados.

Em meio a isso, as tentativas da voz que encontramos neste livro, de compreender a si mesma nesse mundo órfão, faz a declaração pessoana, no poema que dá título ao livro, funcionar como uma, aceite-se, explicação?: "Não sou nada."

> Não sou nada. Os deuses também.
> Mas juntos criamos os mundos
> que povoamos nas noites de angústia e solidão.

E a confissão importante, que abre e fecha o poema: "Os deuses nascem da angústia".

Em *Cosmogonias* essa tensão do ser e suas dúvidas é evidente e o problema vem à tona em vários momentos, e de várias formas. A cisão, ancestral, "desde Sócrates / ou Agostinho: céu e lama...", como dito em "Ocidente", a cisão da consciência do ser ou do não-ser, vai muito além da formulação shakespeareana. Como já se disse aqui, não há saída, e a consciência disso pode ser por vezes mais ou menos dolorosa, mas nunca se perde, e não perde, no limite, o humor ou a ironia que permitem a sobreviência e evitam a auto-indulgência. No mesmo poema "Ocidente", por exemplo, as perguntas se multiplicam, as dúvidas pessoais, as escolhas, "Vida / ou / arte? [...] Volta e meia, / meia volta...", mas, no fim, o mundo e a lucidez a que ele obriga dão ao poema a sua medida da realidade, inquestionável:

> (No entanto, do outro lado da rua,
> o guardador de carros
> não tem dúvida: se não descolar vinte pratas,
> dorme na rua.)

Ou aquela consciência de que não há saída é, sem ironia, sublimação terrena. Deus, de alguma maneira, é o próprio poeta. Os seis poemas "Theophorus", título que significa "aquele que traz um deus dentro de si", mostram isso, em uma repetição hipnótica. Entre Rilke — todo anjo é terrível —, Mallarmé — os dados e o seu acaso — , o existencialismo sartriano, a teologia e a metafísica, o poeta se afirma várias vezes frente ao abismo. De qualquer forma,

> Para quem tem um deus dentro de si,
> tudo é risco.

ou mesmo

> Para quem tem um deus dentro de si,
> o inferno é dos outros.

Evidente que e a complexidade desse homem não dispensaria outras complicações humanas: o amor (e o sexo) não é válvula de escape nem, como já sabemos, solução. E às vezes não está no campo dos possíveis, só das hipóteses. Mas por um instante, baudelairiano que seja, ele poderia iluminar o verso, o livro, e a vida do poeta:

> Mas se ao menos eu te visse,
> ainda que de relance,
> e minha vida se encheria
> de luz
> — nem que fosse por um instante.
>
> in "*A une passante*"

Os poemas se alongam e se repetem, sem serem iguais, para mostrar nuances das mesmas questões, revelando o quanto elas são difíceis e o quanto suas respostas, como as perguntas, podem ser contraditórias. E aí talvez repouse a qualidade principal do livro: uma percepção metapoética onipresente que não deixa o leitor descansar, confortável, em uma poltrona de convicções coniventes.

Em um cenário em que a poesia às vezes abusa das piscadelas modernistas da ironia e do trocadilho ou das citações chiques mas meio inconsistentes, os poemas de Otto Winck ocupam um outro lugar. A linguagem direta é clara, mas o livro esconde tesouros, diz mais do parece pretender. Há muito para se pensar aqui.

Dá trabalho ler *Cosmogonias*, e é um trabalho dos melhores, se você quer saber o que é boa poesia.

* Sandra M. Stroparo é professora de Literatura e Teoria Literária na Universidade Federal do Paraná. Trabalha principalmente com teoria da poesia, Mallarmé, e está começando uma pesquisa sobre Jules Laforgue. É também tradutora.

SUMÁRIO

KOTTER
EDITORIAL

Este livro foi impresso em papel pólen 90g/m², tipologia Cardo 10,5 / 15, no inverno de 2018.